Sov gott, lilla vargen

Sleep Tight, Little Wolf

En bilderbok på två språk

Ulrich Renz · Barbara Brinkmann

Sov gott, lilla vargen

Sleep Tight, Little Wolf

Översättning:

Katrin Bienzle Arruda (svenska)

Pete Savill (engelska)

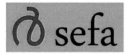

Ljudbok och video:

www.sefa-bilingual.com/bonus

Fri tillgång med lösenordet:

svenska: **LWSV2831**

engelska: **LWEN1423**

God natt, Tim! Vi fortsätter att leta imorgon.

Sov nu så gott!

Good night, Tim! We'll continue searching tomorrow.

Now sleep tight!

Det är redan mörkt ute.

It is already dark outside.

Vad gör Tim där?

What is Tim doing?

Han går ut till lekplatsen.

Vad är det han letar efter?

He is leaving for the playground.

What is he looking for there?

Den lilla vargen!

Han kan inte sova utan den.

The little wolf!

He can't sleep without it.

Vem är det nu som kommer?

Who's this coming?

Marie! Hon letar efter sin boll.

Marie! She's looking for her ball.

Och vad letar Tobi efter?

And what is Tobi looking for?

Sin grävmaskin.

His digger.

Och vad letar Nala efter?

And what is Nala looking for?

Sin docka.

Her doll.

Måste inte barnen gå och lägga sig?
Undrar katten.

Don't the children have to go to bed?
The cat is rather surprised.

Vem kommer nu?

Who's coming now?

Tims mamma och pappa!

Utan deras Tim kan de inte sova.

Tim's mum and dad!

They can't sleep without their Tim.

Och nu kommer ännu fler! Maries pappa.

Tobis morfar. Nalas mamma.

More of them are coming! Marie's dad.

Tobi's grandpa. And Nala's mum.

Nu skyndar vi oss i säng!

Now hurry to bed everyone!

God natt, Tim!

Imorgon behöver vi inte leta mer!

Good night, Tim!

Tomorrow we won't have to search any longer.

Sov gott, lilla vargen!

Sleep tight, little wolf!

Författarna

Ulrich Renz föddes 1960 i Stuttgart (Tyskland). Efter att ha studerat
fransk litteratur i Paris tog han läkarexamen i Lübeck och var chef
för ett vetenskapligt förlag. Idag är Renz frilansförfattare, förutom
faktaböcker skriver han barn- och ungdomsböcker.

www.ulrichrenz.de

Barbara Brinkmann föddes i München (Tyskland) år 1969. Hon
studerade arkitektur i München och arbetar för närvarande vid
Institutionen för Arkitektur vid München tekniska universitet. Hon
arbetar också som grafisk formgivare, illustratör och författare.

www.bcbrinkmann.de

Gillar du att måla?

Här kan du hitta bilderna från berättelsen för färgläggning:

www.sefa-bilingual.com/coloring

Njut av!

De vilda svanarna

Efter en saga av Hans Christian Andersen

► För barn från 4-5 år

„De vilda svanarna" av Hans Christian Andersen är inte utan orsak en av värdelns mest lästa sagor. I tidlös form har den allt det som tema som mänskligt drama är gjort av: Rädsla, tapperhet, kärlek, förräderi, separation och återfinnande.

Finns på dina språk?

► Fråga vår „språkassistent":

www.sefa-bilingual.com/languages

Min allra vackraste dröm

► För barn från 2-3 år

Lulu kan inte somna. Alla hennes gosedjur drömmer redan – hajen, elefanten, den lilla musen, draken, kängurun och lejonungen. Även björnen kan nästan inte hålla ögonen öppna …
Du björn, kan du ta med mig in i din dröm?
Så börjar en resa för Lulu som tar henne genom sina gosedjurs drömmar – och slutligen till sin egen allra vackraste dröm.

Finns på dina språk?

► Fråga vår „språkassistent":

www.sefa-bilingual.com/languages

© 2022 by Sefa Verlag Kirsten Bödeker, Lübeck, Germany

www.sefa-verlag.de

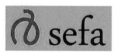

IT: Paul Bödeker, Freiburg, Germany

Font: Noto Sans

ISBN: 9783739906140

Made in United States
North Haven, CT
11 July 2023

38806903R00020